texte
ANDRÉE-ANNE GRATTON

illustrations
PASCALE CONSTANTIN

ALEXIS,
CHEVALIER DES NUITS

un conte à lire avant d'aller au lit

À Maxime

pour les images douces et heureuses
d'un merveilleux chevalier
qui a longuement apprivoisé ses nuits.

Andrée-Anne

Les 400 coups

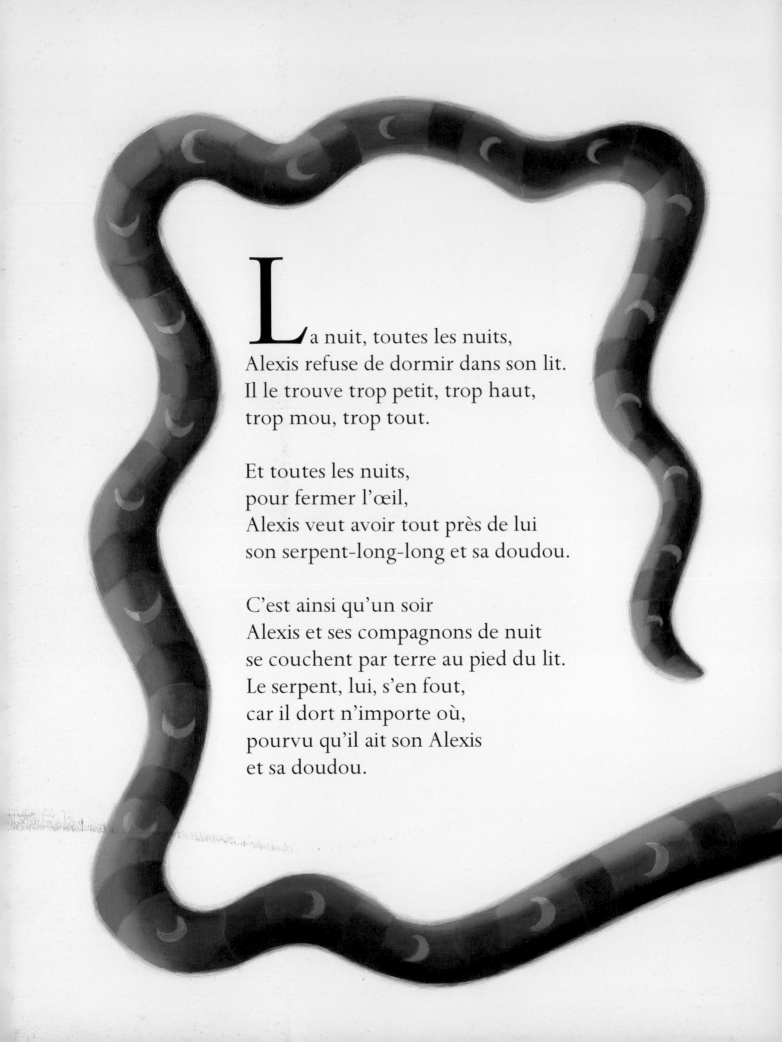

La nuit, toutes les nuits,
Alexis refuse de dormir dans son lit.
Il le trouve trop petit, trop haut,
trop mou, trop tout.

Et toutes les nuits,
pour fermer l'œil,
Alexis veut avoir tout près de lui
son serpent-long-long et sa doudou.

C'est ainsi qu'un soir
Alexis et ses compagnons de nuit
se couchent par terre au pied du lit.
Le serpent, lui, s'en fout,
car il dort n'importe où,
pourvu qu'il ait son Alexis
et sa doudou.

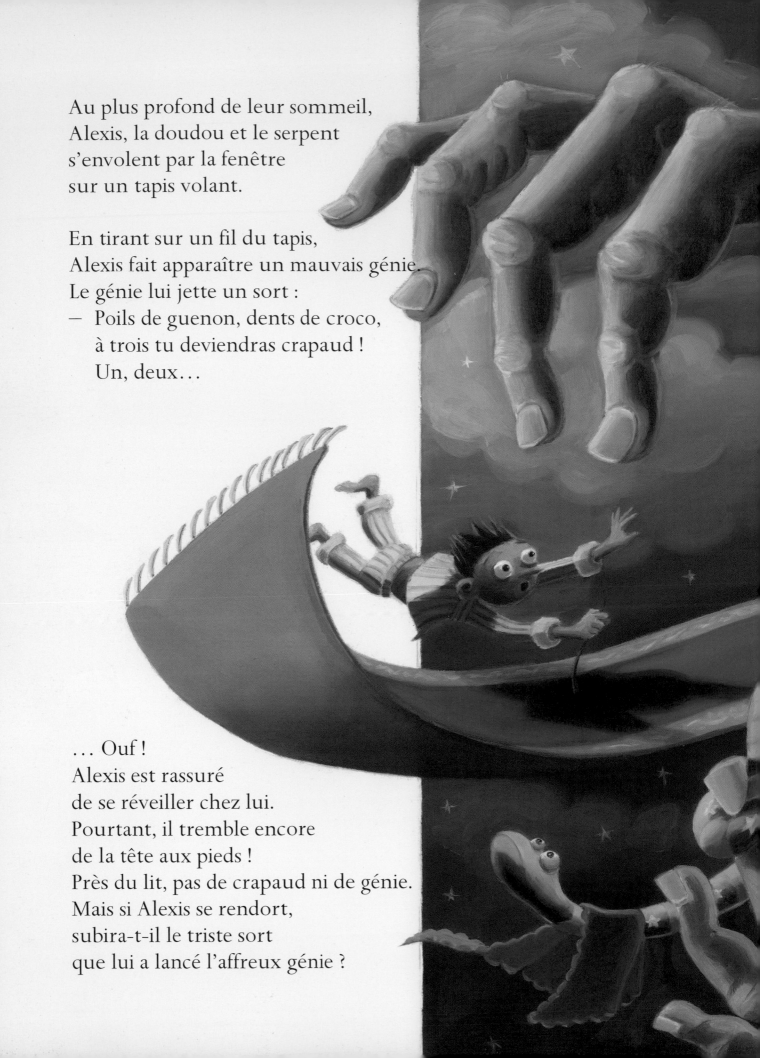

Au plus profond de leur sommeil,
Alexis, la doudou et le serpent
s'envolent par la fenêtre
sur un tapis volant.

En tirant sur un fil du tapis,
Alexis fait apparaître un mauvais génie.
Le génie lui jette un sort :
— Poils de guenon, dents de croco,
à trois tu deviendras crapaud !
Un, deux…

… Ouf !
Alexis est rassuré
de se réveiller chez lui.
Pourtant, il tremble encore
de la tête aux pieds !
Près du lit, pas de crapaud ni de génie.
Mais si Alexis se rendort,
subira-t-il le triste sort
que lui a lancé l'affreux génie ?

Au petit matin, maman Sophie
aperçoit Alexis endormi sur le tapis.
Un peu fâchée, elle lui dit :
— Alexis ! Que fais-tu là, sur le tapis ?
    Tu dois dormir dans ton lit !

Alexis se lève en soupirant
et donne un bisou à sa maman.
— Oh ! maman, si tu savais…
    Le génie était si laid !
    Je ne dormirai plus sur le tapis,
    c'est promis !

Maman Sophie ne saura jamais
le voyage qu'Alexis a fait.
Mais elle croit que, la prochaine nuit,
son petit ira dormir dans son lit.

Le soir suivant,
Alexis quitte son lit en catimini.
Avec son serpent-long-long et sa doudou,
il longe le couloir
et va s'étendre au creux de la baignoire.

«Quel endroit étroit et froid, s'étonne le serpent,
mais si Alexis s'y plaît, j'en fais mon palais!»

Très loin au pays des rêves,
un joueur de tours a ouvert le robinet.
La baignoire déborde
et la maison se remplit d'eau.
Alexis et ses amis flottent sur le dos.
Le serpent-long-long bougonne :
— J'ai bu tout un pot et me voilà
    aussi gros qu'un cachalot !

Soudain surgit un énorme requin,
la gueule grande ouverte
et les dents bien aiguisées.
Il poursuit sans relâche Alexis et ses amis.
Le requin malin ricane :
— Ces trois-là vont me faire
    le meilleur des repas !

Clac !...

… Clac ! Clac ! Clac !
Alexis est très étonné d'entendre ses propres dents claquer.
Pourtant, dans la baignoire, pas de requin.
Et la seule gueule ouverte près de lui est celle de son serpent endormi.
Mais si Alexis se rendort, sera-t-il croqué vivant
par le monstrueux requin ?

Le lendemain matin, en enfilant son peignoir,
maman Sophie trouve Alexis
allongé au fond de la baignoire.
Affolée, elle s'écrie :
— Alexis ! Que fais-tu là, dans la baignoire ?
　Tu dois dormir dans ton lit !

Alexis s'étire lentement
et regarde sa mère en bâillant.
— Oh ! maman, si tu savais…
　Il y avait plein d'eau et un requin très vilain !
　Je ne dormirai plus dans la salle de bains,
　c'est promis !

Maman Sophie ne comprend rien,
pas une goutte ne coule dans le bain !
Mais elle se dit que, la prochaine nuit,
Alexis restera peut-être dans son lit.

Ce soir-là,
comme tous les soirs,
Alexis cherche
une meilleure
place que son lit
pour passer la nuit.
Avec son serpent-long-long
et sa doudou,
il va s'installer
dans le garde-manger.

Le serpent est ravi :
ça sent le chocolat,
les cacahuètes
et les biscuits au kiwi.

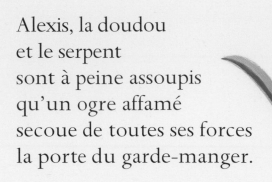

Alexis, la doudou
et le serpent
sont à peine assoupis
qu'un ogre affamé
secoue de toutes ses forces
la porte du garde-manger.

La porte est arrachée !
Alexis pousse un cri !
L'ogre est debout devant lui,
fourchette et couteau à la main !
Il rugit :
— Quel festin : un serpent et un gamin !
Miam…

… Miam, miam, miam !
Alexis est soulagé
de ne pas avoir été dévoré.
Ce n'était que son serpent-long-long
qui croquait à grand bruit
un paquet de biscuits au kiwi.
Mais si Alexis se rendort,
finira-t-il en petites bouchées
dans l'estomac de l'ogre
affamé ?

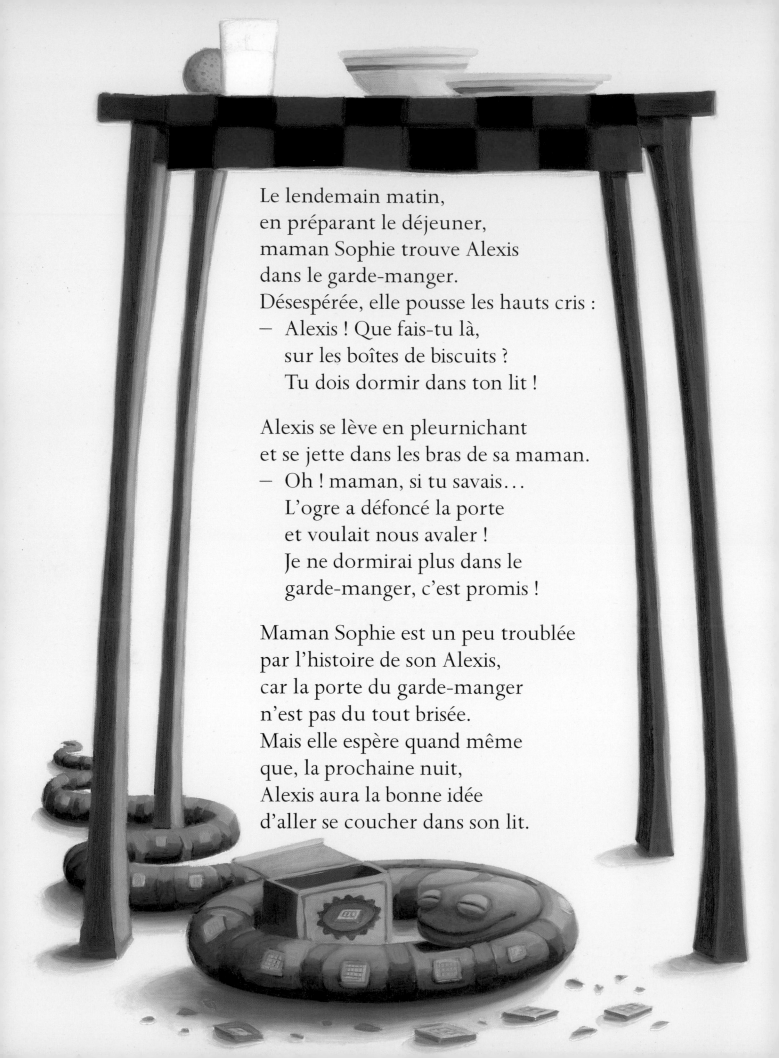

Le lendemain matin,
en préparant le déjeuner,
maman Sophie trouve Alexis
dans le garde-manger.
Désespérée, elle pousse les hauts cris :
— Alexis ! Que fais-tu là,
   sur les boîtes de biscuits ?
   Tu dois dormir dans ton lit !

Alexis se lève en pleurnichant
et se jette dans les bras de sa maman.
— Oh ! maman, si tu savais…
   L'ogre a défoncé la porte
   et voulait nous avaler !
   Je ne dormirai plus dans le
   garde-manger, c'est promis !

Maman Sophie est un peu troublée
par l'histoire de son Alexis,
car la porte du garde-manger
n'est pas du tout brisée.
Mais elle espère quand même
que, la prochaine nuit,
Alexis aura la bonne idée
d'aller se coucher dans son lit.

Ce soir-là, plus que tous les autres soirs,
Alexis a décidé de ne pas dormir dans son lit.
Après le tapis, la baignoire et le garde-manger,
il ne sait plus où aller.
Traînant sa doudou et son serpent-long-long,
il fait le tour de la maison
et finit par se coucher sur le balcon.

Le serpent se dit :
« Bon, c'est un peu venteux, mais à trois on se sent moins frileux. »

Au cours de la nuit, le vent devient violent.
C'est un orage, une tornade, un ouragan !
Le balcon, arraché du mur, s'envole en tournoyant.

Tous les monstres qu'Alexis a déjà rencontrés
reviennent en force le menacer.
L'ogre, le requin et le mauvais génie
crient au-dessus de lui :
— Tu partiras très loin de chez toi
    et jamais au grand jamais tu n'y reviendras !
    Abracada…

Cette fois-ci, Alexis trouve que ça suffit.
Paré de son armure de chevalier,
il défie ses ennemis du bout de son épée :
— Toi, le vieux génie tout pourri !
    Toi, le gros requin laid comme du boudin !
    Toi, l'ogre plein de verrues poilues !

Les monstres commencent à reculer.
Alexis brandit de plus belle son épée :
— Disparaissez ! Disparaissez !
    Et ne venez plus nous embêter !

Les monstres s'enfuient ! Victoire !
Alexis-le-chevalier a gagné
avant de se réveiller.

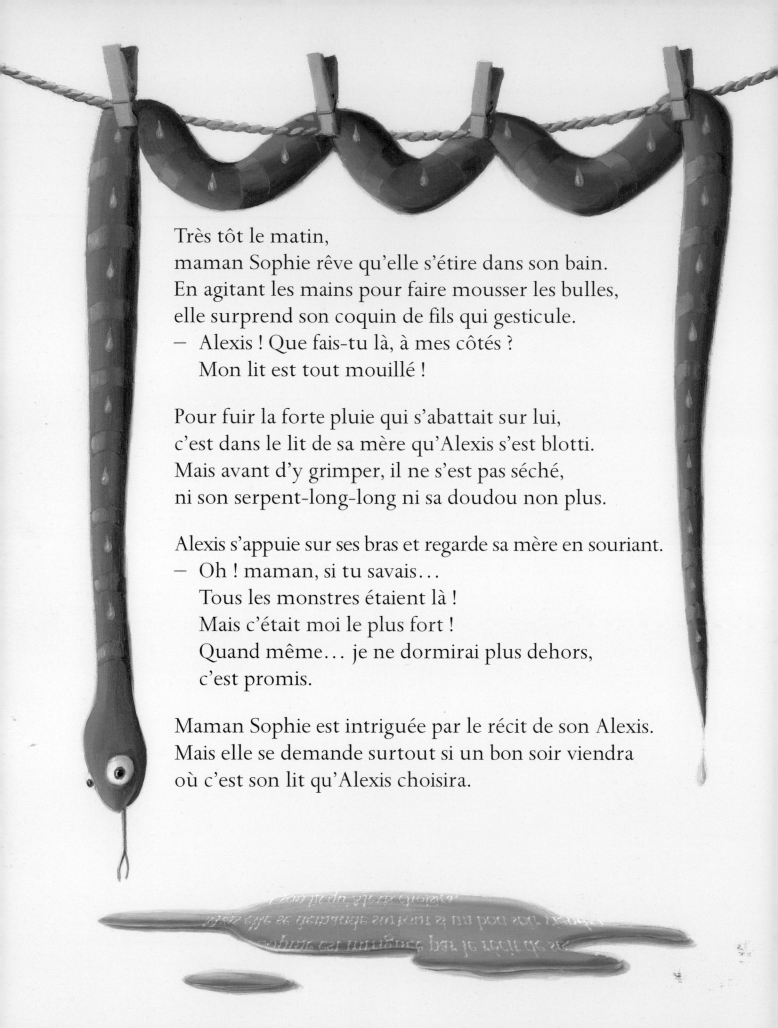

Très tôt le matin,
maman Sophie rêve qu'elle s'étire dans son bain.
En agitant les mains pour faire mousser les bulles,
elle surprend son coquin de fils qui gesticule.
— Alexis ! Que fais-tu là, à mes côtés ?
    Mon lit est tout mouillé !

Pour fuir la forte pluie qui s'abattait sur lui,
c'est dans le lit de sa mère qu'Alexis s'est blotti.
Mais avant d'y grimper, il ne s'est pas séché,
ni son serpent-long-long ni sa doudou non plus.

Alexis s'appuie sur ses bras et regarde sa mère en souriant.
— Oh ! maman, si tu savais…
    Tous les monstres étaient là !
    Mais c'était moi le plus fort !
    Quand même… je ne dormirai plus dehors,
    c'est promis.

Maman Sophie est intriguée par le récit de son Alexis.
Mais elle se demande surtout si un bon soir viendra
où c'est son lit qu'Alexis choisira.

Le lendemain soir, Alexis n'a pas du tout envie
d'aller se coucher dans son lit.
Mais sa victoire lui revient à la mémoire.
Tenant sa doudou et son serpent-long-long, il se demande :
« Comment un simple lit peut-il effrayer un chevalier
qui a triomphé de tant de monstres en une seule nuit ? »

S'armant de tout son courage, Alexis va se glisser entre ses draps
avec ses deux amis qui n'attendaient que ça.

Maman Sophie
n'a jamais vraiment
compris pourquoi,
depuis cette nuit-là,
elle ne retrouve plus Alexis
au fond de la baignoire,
sur le plancher,
dans le garde-manger…
… ou au creux de son lit
tout mouillé !

La nuit,
toutes les nuits,
Alexis dort maintenant
dans son lit,
où les monstres sont
beaucoup plus gentils.
Et ceux qui le sont moins
doivent repartir très loin,
car ils sont vite chassés
par Alexis-le-chevalier.

Fin

Nous remercions le Conseil des
Arts du Canada de l'aide accordée
à notre programme de publication
et la SODEC pour son appui
financier en vertu du programme
d'aide aux entreprises du livre
et de l'édition spécialisée.

Nous reconnaissons l'aide financière
du gouvernement du Canada par
l'entremise du programme d'aide
au développement de l'industrie
de l'édition (PADIÉ) pour nos
activités d'édition.

Alexis, chevalier des nuits
a été publié sous la direction de
Paule Brière.

Design de la collection : Marc Serre

Correction : Michèle Marineau,
Hélène Bard

Diffusion au Canada
Diffusion Dimedia inc.
539, boulevard Lebeau
Ville Saint-Laurent (Québec)
H4N 1S2

© 2000 Andrée-Anne Gratton,
Pascale Constantin
et les éditions Les 400 coups
pour l'édition française au Canada.

Dépôt légal — 1er trimestre 2001
Bibliothèque nationale du Québec
Bibliothèque nationale du Canada

ISBN 2-89590-012-1

Imprimé au Canada par
Litho Mille-Îles ltée
en février 2001.